归云居著诗

米仓 著

人民东方出版传媒
東方出版社

萧平绘 69cm × 45cm

米仓

号归云山人，名杨学辉，中华诗词学会会员，已出版《岭上雾语》（人民出版社）《归云居著诗》等诗词专著，创作发表古诗词千余首。管理学博士。现供职于江苏省省级机关。

目录

岁月如歌

序言

至纯至美的心灵旋律

管士光

诗人杨学辉的《归云居著诗》即将付梓，诚可喜可贺。说心里话，因工作忙等原因，此前虽有好友诚嘱作序，均婉谢；此回乐意而为，实在是深为学辉对诗词孜孜以求的痴迷精神和才情所感动。

学辉出生于被誉为兵家必争之地的江苏徐州。这里南雄北秀，山川壮美，历史悠久，文化灿烂，英雄辈出，传奇动人，深深地滋养、熏陶、影响着年幼时的诗人；年方弱冠，他便对中国古典文学产生了浓厚兴趣，对旧体诗词更是情有独钟。『山溪十里流云影，不计曲折第几程。岸上繁花何处觅，小园数亩在篱东。』（《田居》），就是他田园情怀的真实写照。再如：『昼击鼙鼓乃佯攻，密令奇兵潜夜行。跃马飞身挥剑处，杀人若草去如风。』（《观汉武大帝电视剧突袭片段随写》），道出了流淌在他心里的英雄情愫。学辉做过大学教师，曾在政府驻外办事处工作，现就职于江苏省省级机关，游历大江南北，踏遍祖国山山水水，丰富的人生经历，独特的生活体验，成为他诗词创作取之不尽、用之不竭的源泉。

工作之余的杨学辉，深居简出，心无旁骛，把全部精力和心思都倾注于他的诗词追求；近年，他更是以『只争朝夕』的精神，在深入研读、咀嚼、感悟历代诗词名篇的同时，创作出众多诗词佳作。

『苦心人，天不负』。几年来，杨学辉出版《岭上雾语》诗词专著一部，创作发表上千首诗词作品，成为中华诗词学会会员。

『梅花香自苦寒来。』走近学辉，方知他的成绩来之不易，方可感知他在诗词道路上进行着怎样的艰辛远旅与艰苦攀登。机关工作事务繁忙，各种会务缠身，经常外出调研，学习交流，在飞机上、火车上、汽车中，抑或宾馆里、饭桌前，再疲倦，只要诗心满满，到处都有灵感来袭。如诗人出差常熟，餐桌上有道当地特色菜——红烧肉，肯定好吃啊，但学辉心宽体胖，尽管馋涎欲滴，顾忌增加体重，却不敢吃，内心是矛盾的，他以此戏作一首诗：

好客庖厨劝我尝，不嚼怎解肉汁香。
原非无酒分油腻，无奈身圆似米仓。

读到『无奈身圆似米仓』，大家可能都会忍俊不禁，会心一笑。这首诗写得轻松别致，妙趣横生。陆游曾说『汝果欲学诗，功夫在诗外』，广阔的视野，丰富的知识，这就是学辉的诗外功夫了。身边景物，皆可入诗，如《王莲》：

郊外翠微清涧里，虚席以待霸王莲。
我来欲此长相伴，但苦人间世事牵。

另外，格律声韵，这是横在每一位自学古体诗词求索道路上的文学爱好者，一个不易突破却又必须要突破的难关。对于学辉，几乎对每一个字、每一个词，都须查字典，翻诗词格律书籍对照。近三年来，他很少在零点以前休息，常常在『咬文嚼字』中入睡，而学辉倒乐在其中，大有『衣带渐宽终不悔』的况味。

杨学辉的诗词，一如他的为人，真纯得透明，简约得清新，然淡中有味，浅中见深。此者，正所谓『文如其人』。

《归云居著诗》收入杨学辉的诗词二百首，共分五个篇章。《走进新时代》《江山如画》《人间风物长》为该书的前三篇。这些作品集中展现了爱党、爱祖国、爱家乡、爱同志、爱江山的深沉情感与大我境界，也体现了学辉纯真仁厚、重情重意的人格魅力。如《永遇乐——贺好友沈海斌戊戌年秋赴拉萨任江苏援藏总指挥》：

醉上金台，芳华重续，酣歌击筑。遥想当年，梨花千树，除雪英雄聚。秋光今夜，一星在水，为写昔时丹羽。新征程、峰危限月，愿得啸咏别趣。

乾坤羁旅，云山无数，转助神州门户。不惧艰辛，扬鞭朝暮，行遍格桑路。金戈铁马，人生几许，唤起千帆风怒。从头越，逍遥轩翥，去天尺五。

描写了诗人与沈先生初识，一起在与风雪搏斗中结下的深厚友谊。那时青春绽放光彩，英雄气概，豪迈情怀。道出了对友人的祝福，希望其在祖国最高处，再立新功，仕途更上层楼。再如《闻小女得全额奖学金消息而写》：

才怨早春妆懒换，忽收贺柬喜尤狂。
恍如花影穿帘入，尽作春光满羽觞。

第一句还埋怨春天姗姗来迟，第二句收到喜报后，诗风一转，第三、四句，对女儿的关切与喜悦之情，跃然纸上。如果当代人写旧体诗，只是唐诗宋词的味道，那不如直接读唐诗宋词。要能翻出唐人的手心，写出富有时代感的鲜活气息，杨学辉做到了，现举几例，《立秋后再望香港》：

家亡城破欲何之，护我明珠有吾师。

堪恨废青成乱逆，似无悔意道归期。
愿将赤手分三骑，敢为丹心借一枝。
应待秋来除匪盗，残余扫去落渔矶。

《致敬下乡扶贫的机关同仁》

告别妻子征程远，走访乡村问苦辛。
不作田园观景客，一心只念早脱贫。

《公交和谐曲》

电动神龙车敞亮，一程只费几文钱。

往来上下匆匆客，小小方圆共笑谈。

第四篇《岁月如歌》与第五篇《光阴的故事》，这部分诗词较为集中地书写、抒发了诗人对往日岁月和节日节气特有的感怀与独特的感受，寄情于大自然，而少杂虑，展示了其清新自然、不事雕琢的诗词风格。读这些作品，有『池塘生春草』、『清水出芙蓉』的感觉。如《采桑子·己亥小暑随感》：

梅黄一半杂晴雨，热热南风，阵阵蝉鸣，浅翠禾黄两岸迎。

归来半掩柴门卧，身也轻轻，心也清清，犹是春程入夏行。

再如《如梦令·己亥中伏感言》：

远水苍山长道。阅尽春秋昏晓。纵马踏红尘，犹感青春年少。奇妙。奇妙。

却是心潮鬓老。

学辉回望春花秋月，通过诗词对流淌的光阴、所见所闻作出哲思，是诗人人生一个多彩折射与心路缩影。

毋庸讳言，诗稿中的个别诗词还显直白，然艺术无止境，人间需好诗。作者若能在诗词格律、构思和意象经营上再加磨炼，力求完美，则必能谱出无愧于时代的精品力作！时代需要大师，时代呼唤大师。

在《归云居著诗》即将面世之际，真诚祝愿杨学辉的诗词创作水平，如芝麻开花节节高，『平步青云上九霄』。诗词之路，越走越宽，『直挂云帆济沧海』。是为序。

庚子仲春于北京

（管士光先生系中国作家协会会员，人民文学出版社原总编辑）

走进新时代

熊岱平画 魏晋题

临江仙·登阅江楼①

狮子山前涛怒卷，俯拾天堑河川。
名流自古有遗篇。徒闻波浪涌，遗憾此江山。

盛世巧工圆旧梦，擎天尽展宏观。
便骑鹄雁上云边。登临从舞象②，顾我已流颜。

【注释】

①阅江楼，明洪武七年（1374年）春，明太祖朱元璋下诏，在都城南京城西北狮子山，开建一楼阁，并亲自撰写《阅江楼记》，又命朝廷众文臣职事每人写一篇《阅江楼记》。其中大学士宋濂所写一文最佳，后入选《古文观止》。阅江楼在建楼工程所用地基平砥完工后，朱元璋突然决定停建。成为一谜。1997年，南京市政府批准在原址建造阅江楼，2001年9月竣工。从此结束了六百年来『有记无楼』的历史。

②舞象，舞象是指男子的15–20岁，原本是古武舞名。《礼记·内则》：『成童，舞象，学射御。』《疏》曰：『成童，谓十五以上；舞象，谓舞武也。熊氏云：「谓用干戈之小舞也。」』也就是可以上战场了。

余于建成后第八年幸甚登临。万感壮哉。

采桑子·观电视古剧别离片段随写

断肠烟水随君去，南北东西。南北东西。长记斜阳醉后依。

湖山可意留奴住，草舍疏篱。草舍疏篱。惟见年年紫燕栖。

清平乐·重庆印象

行棋竹里①，蘸水书清字。
舟楫冲波山水碧，多少如烟往事。
一江雾隐归舟，半坡云卷车流。
月落潮声叩晚，人拥如昼街头。

【注释】

① 行棋，下棋。

（出差山城重庆数日，拨去风云观之，美也。白日不能放歌、也不能纵酒，白日只可依山尽，以及工作开会。故唯有起早贪黑，去拍几张美景，以作纪念。返程时，于江北国际机场偶遇孟飞。匆匆聊了几句。临别时忘了问老孟，此行是否为小面二次秘方而来。意外重逢，倒是又增加了对重庆的好印象。）

清平乐·环卫工人说

谁家居处，深院朱门户。
墙内不知墙外苦，别有感伤无数。
古来病老堪忧，欲谈功业尤羞。
送我一杯烈酒，好将醒扫南楼。

减字木兰花

霜天草舞，漠漠狼烟横涧谷。
翡翠相连，初日朝来含半山。
江南满绿，更忆西湖春胜聚。
策马平原，借我秋风渡云边。

渔家傲

今上楼台天似水，月悬良夜三千尺。
吹老西风尘世里，人憔悴，从前谙尽江湖味。
淡月疏桐窗儿底，灯前桂树香四溢。
唯有醉，酩中领满庭秋色。

浪淘沙·秋游苏州水乡小镇

昨日去吴城，流水多情。
淡云斜照映波明。秋意似群芳暗涌，月落沙汀。
如柳态轻盈，脸嫩微红。
黄金桂蕊瑞香风。我是世间一过客，来此闲行。

蝶恋花·空巢老人及留守儿童的北方乡村

漠漠模阴如铁锁。纵使高歌，云破无人和。
黄发垂髫相自乐①，门前鸡犬沉沉卧。
满目怜春春寂寞。留春长驻，怎奈花寥落。
未会这些情味也②，原不是念此离索③。

【注释】

①黄发，老年人头发由白转黄，后常用指老人。垂髫，古时童子未冠者，头发下垂，后常用指儿童。

②③，总体意思是，假如不是身处这种孤寂之中的人，是难以体会到如此孤单情绪的。情味，情趣；离索，即『离群索居』，意为远离亲人朋友而散居。

鹧鸪天·写于国家公祭日

半烬铜猊映墨云，曾经枯木复阴阴。
江山锦绣阳光里，一介书生社稷心。
文武将，长寒门。忠臣御殿有王孙。
富国须去除国蠹，使让神州芳满津。

鹧鸪天·己亥夏末再观香港『废青』乱象杂思

来去年年一梦间，满天夏色欲秋烟。
此身只付耕书卷，云剪风裁千万山。
笺纸短，意如帆。纵横游走懒情悭①。
暮蝉不问时节改，犹自孤吟度日残。

【注释】

① 悭（qiān），欠缺，缺乏。此句指没有心情外出游乐。

立秋后再望香港

家亡城破欲何之，护我明珠有吾师。
堪恨废青成乱逆，似无悔意道归期。
愿将赤手分三骑，敢为丹心借一枝①。
应待秋来除匪盗，残余扫去落渔矶。

【注释】

①借一枝，谓借一席之地。语出《庄子·逍遥游》：『鹪鹩巢于深林，不过一枝。』

不忘初心

世上无山不可通，凌云破雾且攀登。
长思今古知兴替，不忘初心记始终。
试看神州龙凤舞，犹嘲美帝虎狼争。
征途坎坷无平路，翻过一山险更迎。

贺第二届江苏发展大会暨首届全球苏商大会召开

苏商盛会誉全球，世事从来费运筹。
齐聚石城掀热浪，共谋发展却寒流。
长江万里连丝路，福满千城惠五洲。
榴月江南烟水阔，诸君努力写春秋。

五四抒怀

昨夜惊雷似未消，学潮引助动春潮。
乾坤浩荡身难寄，壮士伤怀风怒号。
德赛先生传火种①，青春斗志比天高。
英雄自古从年少，再取新功挂战刀。

【注释】

① 德赛先生，指德先生与赛先生。是对民主与科学的形象称呼，也是五四运动期间重要的两面旗帜。德先生即 Democracy，意为民主；赛先生即 Science，意为科学。

航拍南京感言

穷尽诗情借酒歌，人间俯望景如何。
长江铁路横如线，玄武钟山小似螺。
湖上星临只鸟过，林中月落九霄多。
恍然疑是七夕夜，我架仙桥使渡河。

江边散步

飞鸣云燕点斜阳，秋气横生列大江。
闲步黄昏潮落后，微风轻透短衫凉。

夏日差旅之淮安行记

尧帝贤明重景和①，顺从民意治家国。
寄身且喜繁华里，创业无如鹤发多。
长记初心长自醒，不依妙药不求佛。
人人尽道江南好，我为淮安唱赞歌。

【注释】

① 尧帝，淮安是尧帝故里。

常熟吃红烧肉，戏作

好客庖厨劝我尝，不嚼怎解肉汁香。
原非无酒分油腻，无奈身圆似米仓。

失眠不失趣

不采花儿不酿蜜，蝴蝶往返为谁忙。
月斜夜半无从解，默数流萤越过墙。

己亥端午节遇打工者说

门前艾草生惆怅，千里孤舟系落阳。
水映苍颜春共老，江南虽好是他乡。

公交和谐曲

电动神龙车敞亮，一程只费几文钱。
往来上下匆匆客，小小方圆共笑谈。

观电视剧《汉武大帝》突袭片段随写

昼击鼙鼓乃佯攻[1]，密令奇兵潜夜行。
跃马飞身挥剑处，杀人若草去如风。

【注释】

① 鼙鼓（pí gǔ），古代军队所用小鼓和大鼓。鼙鼓喧天。

赴友家宴迟到即兴而写

醉袖迎风纵马骑，半江诗意半江堤。
踟蹰贪咏斜阳路，却被孩童笑路痴。

田村墨蔬院银杏林一瞥

秋草迷黄日渐寒，南云回首落哪边。
才来一片伤心色，便占墙东几尺山。

秋日坝上

为求绝胜草原行，烟浪起伏没雁声。
双手撩开云世界，飞扬原是马蹄腾。

老店旧逢

湖上桥弯更向东，便门犹忆旧相逢。
星河皓月花重影，道是秋凉此夜同。

致敬下乡扶贫的机关同仁

告别妻子征程远，走访乡村问苦辛。
不作田园观景客，一心只念早脱贫。

望

杯里星巴克，芬芳散滚香。
劳者良久望，恋恋隔一窗。

泳后趣写

游泳归来晚，饥肠辘辘时。
烤鸭窗口问，可有六七只？

水乡早晨

几许曦微见，青石系画船。
东方初欲晓，万户俱酣眠。
云去青山外，月栖碧水间。
惟听枝上雀，醒早自言欢。

旅感

年少喜云航，逍遥看四方。
江山多壮阔，翰墨入诗囊。

江山如画

熊岱平画　魏晋题

木兰花·长江

大江一碧从巴蜀。涛雪向东直引注。
怒风掀浪屹于城，铁骑横刀谁敢渡。
向来天堑非恒固。可使巨鲨陈鼎俎。
桅帆渔户宛如林，列鼎调和今始睹①。

【注释】

① 列鼎调和，古代常用调和五味，比喻宰相、大臣辅助帝王治理国家。

木兰花·石象路游记

六朝胜迹重登览。往事如烟行渐远。
易变红颜花依然，万里江山来迷眼。
沧桑神道拾凋蔓。玄武水天霞光满。
人事变幻似流云，不论古今长与短。

木兰花·钟山秋曦

月落鸟鸣天欲晓，玄月紫金山色好。
珍珠点露遍松林，烟雾裹风穿树杪①。
如今绿暗红英少，顷刻光阴都过了。
荣名岂在禄千钟，且趁余花谋一笑。

【注释】

① 杪（miǎo），树梢。

木兰花令·初夏如皋行记

短亭芳草长亭柳，布谷声中春去后。
蔷薇落尽已成尘，绿满荷塘莲藕瘦。
何时眷侣归时候[①]，水绘园林重把酒[②]。
秋千还等玉颜人，彩扇怅失翻翠袖[③]。

【注释】

① 眷侣，指董小宛、冒辟疆夫妇。董小宛（公元1624年—1651年），名白，字小宛，号青莲，名隶南京教坊司乐籍，与柳如是、陈圆圆、李香君等同为『秦淮八艳』。1639年，董小宛结识名士冒辟疆，此后与冒辟疆同甘共苦生活直至去世。

冒辟疆所著《影梅庵忆语》洋洋四千言，回忆了他和董小宛缠绵悱恻的爱情生活，是我国忆语体文字的鼻祖。

② 水绘园为园林名，在江苏省如皋市。面积数十亩，多楼台亭阁与林木山泉之胜，为明末名士冒辟疆所有。他与董小宛曾居于此，在水绘园广宴文人墨客、名僧道流，诗酒唱和，系明末清初文人名流荟萃之所。

③ 当年随主人翩翩起舞的彩扇，闲置至今，已永远失去了原来主人使用的机会。

鹧鸪天·灵谷胜境

山色萧萧香火红，浮屠夕照梵音声。
绿随杨柳青黄去，红踏秋枫叶上行。
依塔坐，念心通。乐邀花鸟作交朋。
世间生计人情淡，灵谷禅房茶味浓。

鹧鸪天·金陵幕府山

幕府如龙多壮哉，大江西至尽徘徊。
江山形胜不相让，兵马一排谁敢开。
行彩凤，罥瑶钗[1]。今为伟业上高台。
葱葱生气情怀满，席卷群英天下来。

【注释】

①罥（juàn），本义为用绳子套。瑶钗，借指美女。宋 张元干《夏云峰·丙寅六月为筠翁寿》词：『凉送艳歌缓舞，醉罥瑶钗。』

鹧鸪天·秋日花语

天外长江浪卷空，洲头粉黛似幻生。
人言菊后无花赏，乱草飞云始艳城。
乘旧兴，与新朋。红情绿意两相迎。
人间何止春光好，秋日须登最高层。

鹧鸪天·西湖

懒步窗前慢卷帘，夕阳楼外照山川。
轻舟数点春光里，世事闲抛放纸鸢。
公吕尚，钓国贤。若生杭州未能然。
聊说西子桨声慢，龙井香来风月寒。

鹧鸪天·冬日过高邮

四贤曾早咏邗沟①，我踏寒风今唱酬。
京杭一脉通邮邑②，百里湖连似翠眸。
天画影，绕秦楼。白云杏李落汀洲。
老街欣入寻汪味③，一任斜阳古渡头。

【注释】

① 四贤，指苏轼、秦观、孙觉、王巩；邗沟，京杭大运河重要组成部分。北起今高邮、宝应交界的子婴闸，南至江都、高邮交界的三十里铺，全长 43.43 公里。京杭大运河肇始于春秋时期的邗沟。

② 邮邑，华夏一邮邑，神州无同类，高邮是中国两千多个县唯一以邮命名的县市，是国家历史文化名城。高邮因秦王嬴政于公元前223年在此筑高台、置邮亭而得名。高邮运河是京杭大运河的一段。

③ 汪味，指汪曾祺文学特有的文风，无论名篇巨著，还是片言只语，都别有风味。汪老为高邮人，故居在高邮老街上。他被誉为『抒情的人道主义者，中国最后一个纯粹的文人，中国最后一个士大夫。』

鹧鸪天·江南

碧玉水乡河纵横，红窗庭院晓妆慵。
船娘摇橹清波戏，翠鸟枝头唱柳风。
书万卷，启鸿蒙。一根灯草画黎明。
太湖月悬摇竹影，灵秀江南起玉龙。

踏莎行

秋水无痕，清寒见底。
江心洲上西风起。两行征雁层云上，扁舟一叶炊烟里。
波卧残阳，柳条穿鲤。
渔笛响彻见山翠。举杯邀月倾樽饮，醉别独枕蓑衣睡。

浣溪沙·夏游玄武湖遇莲花仙子

天上飞琼降绿云①，吹拂莲子去红尘，
芳华不改万年春。
素影长裙临水立，玉容修发伴风吟。
一湖花气润黄昏。

【注释】

①飞琼，传说为王母娘娘身边的侍女。

浣溪沙·金陵夹江骑行所观

两岸垂杨正绿妆，江风穿袖浅红香。
篓空愁煞钓鱼郎。
不为远山凝翠黛，只应近侧揽苍茫。
燕归帆尽碧天长。

忆江南·漫步玄武湖

风吹动，碎影舞斜阳。
湖色光中无暑气，闲舟蓑笠钓荷香。
人境两茫茫。

临江仙·水乡一日

水抱行云清如玉，闲听画鸟声声。
别居乡舍柳烟中。花枝疏却处，三两小舟横。
客至相欢如稚少，不觉月挂疏星。
频倾美酒忘身形。灯蕊开又落，欲晓雄鸡鸣。

临江仙·初夏西湖

宿藕根香生意起，新荷间若萍星。
红尘旧梦絮飘零。烟波无酷暑，寒玉散清冰。
芳草年年痕绿遍，更深更远还青。
人间恩怨最难平。问消得几次，潮落又潮生。

苏幕遮·游珠江

碧云天，花正妩。我御红鸾，展翅凌霞雾。
数里珠江舟竞渡。青厦如龙，径自逐云去。
忆前朝，说落幕。宫阙银河，东坡未能度。
待到清光窗影矗。再告前人，高处蝶无数。

望江南·中山码头①

天浩瀚，落日染沙汀。
多少商歌迎送旅，长江滚滚水如凭。道尽我平生。

【注释】

① 中山码头，位于南京鼓楼区下关长江南岸，曾名首都码头，是一座渡轮码头，有常年开往对岸浦口码头的『宁浦线』轮渡。

下关建设码头的历史可以追溯至东晋在老虎山一带建立的军用码头白石步。1928 年（民国十七年）为保障孙中山先生奉安大典的顺利进行，当时国民政府决定在下关江边建设码头以迎接先生灵柩并定名为津浦铁路首都码头。大典举行后，为纪念孙中山先生，灵柩登陆的下关码头亦被定名为中山码头并沿用至今。

在南京，中山码头是具有民国印记的一站，很传统的码头。从这里可以坐轮渡过江到浦口，然后就能看到充满文艺风情的浦口火车站……随着铁路的发展，现在对岸浦口火车站已退出历史舞台，中山码头也没有了曾经的车如流水马如龙的景象。

采桑子·江南夏日行

蓝花背立摇双橹，水也轻轻，人也轻轻。
吟到江南第几程。
江南自是年年俏，惯看东风，依旧东风。
春去槐云绿满庭。

清平乐·登兴福寺山路晨思

禅房清晓，院静烟香少。
花影半窗东漏照，惊起数声啼鸟。
时而水秀山明，长经雨雪寒风。
只享片时绝色，恰如你我人生。

菩萨蛮·水乡初秋黄昏

乍晴乍雨苍烟路，轻寒轻暖如许。
残酒半边霞，染红天际涯。
朱门开两扇，径落花千片。
影乱小窗灯，画船听玉笙。

菩萨蛮·春日游紫金山环陵路

篱笆院落秋千外，年年红紫花梢待。
摇曳楝绵天，乱飞敲雨烟。
将春闲过了，不让桃杏晓。
我采野蔷薇，戏蝶相伴归。

菩萨蛮·秋语

翠擎荷露烟桥畔，歌珠一串风吹散。
舟泛柳阴中，帘掀花影重。
一樽长梦见，人远如天远。
梦短不相逢，醒来一面风。

蝶恋花·南国水乡光影

秋色江南谁为主。淡浅黄红，满地烟和雨。
剥落石榴尝果露。如此不乐复何如。
小调笙歌留客住。且醉秋光，年少长失去。
待把尘劳截止住。俯仰宇宙今和古。

祝英台近·途经建湖感怀

把明霞，投波影，千里织文绣。携手芳阴，养得胭脂透。
可怜无限风光，万顷湖色，恨无计、留春长久。
问绿柳。君实曾棹扁舟①，又载钓翁否？浅醉休归，做半日渔叟。
且邀蝶舞蝉鸣，行云鸥鹭，飞过我、共一樽酒。

【注释】

① 君实，陆秀夫（公元 1236 年—公元 1279 年），字君实，一字宴翁，别号东江，楚州盐城长建里（今江苏省建湖县建阳镇）人。南宋左丞相，抗元名臣，与文天祥、张世杰并称为『宋末三杰』。崖山海战兵败，背着卫王赵昺赴海而死，时年四十四岁。

建湖县风清物美，人杰地灵，历史名人还有清末著名爱国诗人陈玉澍，新中国外交家乔冠华等。

圣无忧·夏日旅途偶感

雨后波纹飐飐①，风微柳静桃繁。
愁与去帆流空远，日落碧湖湾。
水墨偏怜暮色，行云掩映山岚。
不记而今双鬓老，只忆醉江南。

【注释】

① 飐飐（zhǎn zhǎn），水波摇曳貌。

渔家傲

绿杨长桥烟水路，晚蝉声里斜阳暮。
锦瑟光阴谁与度。寻闲趣，扁舟一叶消残暑。
灯影笙歌留客住，满斟绿醑浑无数[1]。
算是此行赢了处。休辜负，江南夜色还如许。

【注释】

① 醑（xǔ），美酒。

采桑子·江南行

风驰浪舞舟轻度，江色浮天。
旷野云还。漫想歌翻趣更闲。
家山一梦春思远，长上江南。
爱上江南。得意归来可不餐。

暮夏游秦淮

紫烟深处秦时水，桃叶渡摇晋代舟。
络绎桨船笛梦远，葱葱岸树鸟声稠。
楼怀绿意连芳草，桥似飞虹跨鹭洲。
我劝夏公垂钓去，好将万紫入清秋。

明孝陵晨思

连天古树藏车马，溪上禅房笼袈裟。
莫道名山僧占尽，林深更有帝王家。

玉龙雪山登顶

偶登万尺雪山巅，望尽平川绿水前。
脱略红尘琴抱至，可抛名利暂逃禅①。

【注释】

① 逃禅，本指逃出禅戒，此为反用，指避开世事，皈依佛法。

山行

不识云路入空蒙，山鸟山花笑脸迎。
新月梢头风引影，一程送我又一程。

乡愁

江南细雨笼烟柳，碧水潺潺行扁舟。
往日曾经深巷处，今流寂影到桥头。

大漠行

顿辔无垠荒漠里[1]，尘云漫卷似黄昏。
狼烟影裹山川去，疑是横行守塞军。

【注释】

①辔（pèi），驾驭马用的嚼子和缰绳。顿辔，让马或马车停住。

如画楠溪江

一湖绿水彩云间，点破湖心水复山。
误入画中尘世客，错将钓叟认为仙。

初夏雨景

杭州城外短长桥，细雨空濛又晚潮。
落尽枝红青色里，空余灯影枕归桡。

宁波雪窦寺

云寺参差落碧中，轻烟若羽入溪声。
放逐尘事千山外，好步禅关最上层。

烟波水乡

枕下桨声入帘窗，树上秋风雁几行。
烟雨江南石巷近，乡愁思绪梦里长。

锦溪古镇

欲换轻衫步履轻，行至小桥闻溪鸣。
桨下春波流千年，尽散锦绣天下惊。

大蓝鲸一瞥

翔空万尺凌波步，振翅无人电子仙。
不辨清光云与水，仿佛轴断画悬天。

田居

山溪十里流云影，不计曲折第几程。
岸上繁花何处觅，小园数亩在篱东。

燕雀湖晨曦

晓来蝶未醒，鸟倦密林中。
竹翠滴清露，篱疏起柳风。
浮云如在水，落木若悬空。
忽弄船头橹，波翻袖影轻。

初夏西湖小景

雨后断桥西，兰舟棹水移。
曲堤行远近，碧瓦探高低。
红踏春花去，霞随波浪飞。
迷离窗影里，斜月欲归时。

颐和路的春天

蔷薇方寸里，墙上复墙西。
未借人梳洗，全无媚染衣。
风从清静处，韵在寂寥时。
绝胜园中色，匆匆客未知。

秋日朝天宫

古墙岁月长，柏树性格刚。
门外才轻叩，秋风便送香。

天路

松林天际看，数里雁同行。
路没层云外，车驰万绿程。

周庄

桨动舟前柳，夕阳过小楼。
周庄真个好，醉我似庄周。

题山水图

登顶到云端，俯拾上下天。
心如航海阔，人事两超然。

人间风物长

東風妙舞勸春妍世事雖明似草繁
歲月如馳催我老辛衰依舊展初顏
玉蘭又開
虎虎霓裳凝玉露春妝豈自天來多情
不改年年色點破銀花傍雪開
玉蘭 楊學輝先生詩意
熊岱平畫於湖山居主人魏晉題記

熊岱平画　魏晋题

生查子·为导师郑垂勇教授杖乡之年祈福

满园桃李香，河海书成就。
归燕四方来，弟子携笻手。
仙桃宴早开，气貌颜依旧。
一觯饮师恩[1]，一曲先生寿。

【注释】

① 觯（zhì），饮酒的器具。

永遇乐·贺好友沈海斌戊戌秋月赴拉萨任江苏援藏总指挥

醉上金台，芳华重续，酣歌击筑。遥想当年，梨花千树，除雪英雄聚。秋光今夜，一星在水，为写昔时丹羽①。新征程、峰危限月，愿得啸咏别趣。

乾坤羁旅，云山无数，转助神州门户。不惧艰辛，扬鞭朝暮，行遍格桑路。金戈铁马，人生几许，唤起千帆风怒。从头越，逍遥轩翥②，去天尺五③。

【注释】

① 丹羽，赤色羽毛，古代用以装饰旌旗或车盖，此处借指行进过的足迹。

② 轩翥（zhù），飞举。出自《楚辞·远游》，『雌蜺便娟以增挠兮，鸾鸟轩翥而翔飞。』

③ 去天尺五，形容地势极高。古亦指与朝廷很近。

（我与沈先生认识，那一年天寒地冻，大雪纷飞。军地联合扫雪，尽显青春光彩，英雄气概。祝海斌在祖国最高处，再立新功，吉祥如意！写于 2018 年 9 月 10 日）

八声甘州·祝愿柱子兄弟雁南庄春天来即

看凌云壮志比天高、共国色蓬瀛。创驰骋雄业，一时璀璨，多少豪情。应是临风玉树者，赤胆威名。然似水无奈，春去匆匆。

四季轮回更替，怎把黄叶换，万绿千红。望刘郎今日，云淡也风轻。醉梅兄、呼吟兰友，世事艰，商海苦躬耕。皆去也，一声长啸，尽转春融。

卜算子·与群联三聚感怀

万里楚天风，入海织纹细。
漠漠云烟一水铺，横卧虹千尺。
羁旅各西东，乐醉同桃李。
别后江南岁月长，教我长相忆。

好事近・贺小女升学京都

才气兴波澜①，不作细帘纤步。纵马古今书卷，忘繁花如许。
幼知惜取少年时，便胜却无数。径自扬帆东去，看清华千树。

【注释】

① 才气兴波澜。唐・杜甫《追酬故高蜀州人日见寄》诗：『文章曹植波澜阔，服食刘安德业尊。』（见《全唐诗》卷二二三）。杜甫诗借曹植比拟汉中王李瑀，称赞其多才能文。

（骑在头上作威作福的一座大山，终于有了怜悯之心，振翅欲飞，将去更广阔的天地翱翔。老奴我也翻身得解放了。

感谢一路走来，教育、培养和关心小女的老师以及亲友们。借此也祝女儿未来一帆风顺，赶上人生最为美好的前程！）

浪淘沙·加入中华诗词学会有感

年少好吟哦，感慨良多。文如翰海涌洪波。
未使光阴空错过，常饮常歌。
今日送春者，越过山河。千般快意向谁说。
幸有一船风月落，去会东坡。

如梦令·写于己亥生日

三月春红花季。虚掷五十年岁。
莫怪酒频倾，重见旧人兴起。
同醉。同醉。且趁今宵欢会。

菩萨蛮·有感小女假期结束又踏求学路

身闲酒美靡不有，忽觉山色皆相就。
嘉我两三朋，似同丘壑情。
因花感旧人消瘦，掌上明珠东飞后。
常恐醒闺空，离愁情更明。

卜算子·花

缕缕舞衣轻，片片芳华少。
道是天工不爱花，千般万种扰。
时或叶间疏，时或枝头茂。
道是天公也恋花，吹去春天了。

玉兰又开

东风妙舞劝春妍，世事难明似草繁。
岁月如昨催我老，辛夷依旧展初颜[1]。

【注释】

①辛夷，指玉兰花。

王莲

郊外翠微清涧里，虚席以待霸王莲。
我来欲此长相伴，但苦人间世事牵。

春分百花·明日春分，偶遇雪飞弟有感

消得霜雪千枝俏，肯把朱颜万点倾。
尽采芬芳满袖去，何觉世事太峥嵘。

题阿联读书图

青简多情似旧人，落花草舍胜新春。
心无半点红尘染，眼下时时字字新。

故乡

偶尔回乡怯更长，未成名就也仓忙。
如今儿女千里外，或把他乡作故乡。

闻小女得全额奖学金消息而写

才怨早春妆懒换，忽收贺柬喜尤狂。
恍如花影穿帘入，尽作春光满羽觞。

自嘲

始写文章自两周，唐诗宋词每无俦[1]。
欲越前人泣鬼神，身宽空叹诗句瘦。

【注释】

① 俦，伴侣。此处指匹敌。

时光

周郎雄冠人间少，未锁深春是小乔。
唤起东坡吹酒醒，千钟饮尽唱今朝。

喜闻于翔沈歌领证而感

于家庭院沈家春，褪去奢华见质淳。
无柁帆船如赤子①，江河无柱是依心②。

【注释】

①赤子，男子。男人闯江湖打拼事业，如果无柁，会随波逐流。他需要配偶的港湾支撑。

②依心，代指女子。女人如水，无柱（助、或主）的时候，应有另一半如山的臂膀依靠。

羁旅

年年匹马苦征寻，镜里鬓毛弱雪侵①。
看尽孤鸿飞海阔，长逢夜月落山深。

【注释】

① 鬓毛弱雪侵，指渐生白发。

小猫咪

翡翠花狸二目神，未着一点世间尘。
从来只道童萌好，亦乐庭园与我邻。

咏荷花

灼灼如雪又如云，装点红尘装点人。
莫入金盆失本性，开合由我是真淳。

小小西红柿

翡翠排排叶袅娜，灯笼盏盏火生歌。
醒觉未必仙佛界，红透缘来阅历多。

（五一节上班后第一天，收到山西友人红梅女士寄来的逯宝水果西红柿。因节日几天大快朵颐，正好吃几个解解油腻。

打开纸箱一看，品相就很诱人。迫不及待吃了几个。入口前，番茄清香成熟的味道，伴着乡野新鲜的空气扑鼻而来。轻轻咬下，清甜可口的美味瞬间就挤爆整个口腔，番茄汁也沿着嘴角流了下来。特别是番茄籽，酸甜的味道很特别。沙瓤，也是儿时的记忆与感觉。

品种来自荷兰。有个好听的名字：普罗旺斯西红柿。）

冬日咏枯树

冷雨寒霜摧叶落，又逢漫雪自天来。
不循世事衰荣律，怎有明春盛茂开。

玉兰

片片霓裳凝玉露，春妆淡抹随风回。
多情不改年年色，点破银花像雪开。

春宴

行尽江山万里程，今春胜日景关情。
桃花千树无人顾，偷入珠帘画脸红。

松

青松不媚三春艳，寒士长葆百岁姿。
若瞰苍穹云碧上，尤惊浪卷雪涛奇。

牡丹说二首（其一）

迟发我为让群芳，颜色倾城作冠妆。
芍药不知如侍卫，欲杀国色惹花王。

牡丹说二首（其二）

人语烟中四月天，遍开春色比娇颜。
百花亦有香于我，岂能霸名数牡丹。

为黄社长致仕祈福①

先生主玉堂②，上马辟浑茫。
人历风霜雨，心怀日月光。
正值江鱼美，劝趁返乡尝。
天地一何阔，好将路细量。

【注释】

① 致仕，退休。黄社长，指著名出版家、韬奋奖获得者，人民出版社原社长黄书元，安徽六安人。

② 玉堂，官署名。

彭城又逢兄弟

闻道家乡好，年年物产丰。
别来一处绿，开谢几番红。
兴会应倾酒，何须挂涕零。
樽前明夜月，何处不相逢。

于古鸡鸣寺赠王胜

松柏生山寺，长经风雪欺。
任尔寒暑换，依然傲霜枝。

将至之西方父亲节感言

儿女呢喃语，千灯夜火明。
求学从此去，有泪与谁倾。

想女儿了

涕泪满河梁①，无言对九阳②。
身边儿女大，犹感岁华长。

【注释】

①河梁，本义指桥。泛指送别之处，出处：汉·李陵《与苏武》。

②九阳，1.天地的边沿；2.古代传说中日出之处；3.太阳。

戊戌春日与程鹏兄弟欢聚津门

粼粼水墨间，淡淡雾销川。
节电千秋业，鹏程可筑天。

（一路步履匆匆。参加完拙作《岭上雾语》北京新书发布会，应天筑电力董事长程鹏弟邀请，来天津一聚，顺便吆喝吆喝新书，赚点早饭钱。写于哥俩3月31日生日之际）

同窗情

随园一万里，别去又十年。
还作江南会，不觉客路难。
家国同旦暮，江柳共云烟。
惜与离人见，相逢应醉还。

蒲公英

窗外蒲公英，孑然独自行。
风吹云影里，零落不闻声。

纪念诗人海子①·写于二〇一九年三月二十六日

列车非我土，孤身四处游。
还将众人泪，洒落海东头。

【注释】

① 海子，北京大学毕业。代表作品《面朝大海，春暖花开》《五月的麦地》《以梦为马》等。1989年3月26日，海子在河北山海关卧轨自杀。

岁月如歌

熊代平画　魏晋题

浣溪沙·西湖风雨

扑面清风去苦劳，一湖烟雨弄柳条。十分浓醉万分娇。
越鸟归飞风寂寂，断桥相送雨潇潇。云天近也小舟遥。

浣溪沙·秋雨绵绵

半叟诗文写不成，秋光冷落任随风。徒将颜色付涛声。

青草不辞霜露重，余身应踏马蹄轻。无非风雨两三程。

满江红·金陵抒怀

坐看升州，千帆竞、称雄吴楚。长天碧、六朝都郡，波涛声怒。

吟倚九华闻暮鼓，望穿燕子无朝橹。欲过江，有武骑千群，谁能渡。

建强国，辞旧苦。复兴梦，桨加速。锦帆十里阔、满波春绿。

两岸格桑收战事，一排巨浪驰渔户。趁青春，为盛世中华，拼搏去。

水调歌头·登台城感怀

潮打升州府，碧水映秋空。六朝无限王气，暗销入波声。男子只生沙场，跃马边庭平寇，笑做一书生。春树生绿去，几度枯又丰。多少事，已更改，去无形。当时明月，夜夜犹照建康城。我幸生逢盛世，不用长江天堑，铁锁护苍生。但若剑拔处，从未论穷通①。

【注释】

① 穷，前行之路的穷尽。

渔家傲·步履匆匆青山年年

谁遣春红抛却去，娇颜绝代屈朝露。日日马蹄行路苦。
曾几度，不知暑往寒来处。
早见扬扬拥盖簇，迟归寂寂无多语。垂目手中双桨速。
怀今古，年华暗换长青树。

渔家傲·郊游归来即兴

烟水萦回云上路，青山环绕溪东注。
游宦区区成底事，芳草渡，何为人被财名缚。
乐见新华别样舞，更无一点尘飞处。
有酒盈樽田半亩。缘似许？归来得取闲中趣。

鹧鸪天·江南梅雨

梅子黄时雨不休，细珠滴翠始开头。
三更难寐三更后，枕下江南枕上愁。
须静气，守清幽。道人不必赴蓬丘。
雨声点作潮声响，月色隔窗欲进楼。

鹧鸪天·天上人间七夕夜

绝妙情诗久不吟，推窗望月见半轮。
迢迢银汉今夕度，牵挂年年织女心。
三老幼，两山村。几声犬吠守柴门。
离行千里他乡汉，惟借家书寄远人。

清平乐·欢度国庆

淡烟轻雾，万里秋光路。故朋石城今会聚，又拾少年风度。

牡丹唱罢皆惊，长吟首首如羹。且趁大酺几日①，时时歌舞升平。

【注释】

① 酺（pú），古时国有吉庆，皇帝特许臣民欢庆聚乐。

风入松·重阳节随感

江山阅览趁重阳。凋木妒枫妆。
料它也恨霜菊傲，年年是、占尽秋光。故把春颜秋展，羞红不吐芬芳。
天高水阔蟹肥黄，趁酒胆诗肠。
人间我本逍遥客，故乡短、岁月歌长。可种闲桃果李，可于尘世奔忙。

定风波·夏夜行吟

但饮兰陵醒醉间，樽前莫问几更天。
欲尽此情说不了，窗晓，不分江色雨和烟。
凉簟原知沙漏短①，不管，勿辞残月酒肠宽。
甘露才圆方又碎②，如此，一生屈指三万天。

【注释】

① 簟（diàn），竹席；沙漏短，夏天夜短。
② 甘露，指挂在酒杯上的酒滴。

清平乐·午间民宿

良宵酒美，小院帘垂地。
欲抱琵琶弹旧曲，人倦南窗酣睡。
醒来柳絮徘徊，枝头红杏偷开。
春燕多情依旧，满身花雨归来。

清平乐·夏日得凉意

暑来多困，藤院深深闭。
宿酒醒来愁半解，好作踏青天气。
夏花别韵春红，佯停采惊风。
吓碎好奇小胆，未料寒起凉生。

洞仙歌·江边醉月

练波送远，映江山如画。风物秋时展潇洒。
看云天、霁色相射华光，黄昏里，烟笼竹篱笆舍。
滩头倚阔树，瑟瑟风萧，天际长帆隐约挂。
野火点渔灯，细品残霞，帘窗外、月斜下，
古今事如烟散风中，莫不入街东巷西闲话。

少年游·夏思

门外绿水与桥平。禾穗舞云轻。
秀色满庭，半窗花院，一帽柳梢风。
十年夜费灯烛火，吟颂史书经。
也喜田耕，也行市井，也偶步峥嵘。

忆秦娥·错把秋桂作春色

嫦娥戏，婆娑满院飞花气，飞花气。
榴裙衬地，冠宜翡翠。
远山碧浅连秋水，芳阴深锁秋窗绮。
秋窗绮，第一韵色，恼伤春意。

浪淘沙·送别

欢梦絮飘零，烟水江空。斜阳一点寄征鸿。
翠巘层层天际处[1]，大雁声声。
心事寄题红，云散桥东。断肠无奈御秋浓。
回首小楼归去晚，月挂梧桐。

【注释】

①巘（yǎn），山峰。

采桑子·春思

盈盈一水空濛里，磨砚临池。
欲写新诗，桃李争妍已忘机。
未学陶令田园计，抛却得失。
乘月迟归，笑看灯娥照影飞。

如梦令·夏日回乡感言

晓扇满堆云母。手捧庭中聊数。
空负少年春，著意问春无处。
消暑。消暑。来场黄昏疏雨。

临江仙·夏末闲行酒话

江上斜阳留晚照，残霞落撒飞花。长桥波水打堤沙。
舟停何处去，问浪可从答？
青黛白云犹恰似，物华惊对苍华。不识左右与天涯。
归来全笑语，沽酒那人家。

木兰花·秋日感怀

曾经赵括轻秦处，降士秦坑遗作土。
呜呼赵灭也秦亡，月落荒城惊古木。
东方欲晓闻羯鼓，盛景此生今始睹。
赏识劲草谢疾风①，比似太宗谁解语②。

【注释】

①《旧唐书·萧瑀传》：『［太宗］赐瑀诗曰：「疾风知劲草，板荡识诚臣。勇夫安知义，智者必怀仁。」』

②解语，典出（五代）王仁裕《开元天宝遗事》：『明皇秋八月，太液池有千叶白莲数枝盛开，帝与贵戚宴赏之。左右皆叹羡。帝指贵妃示左右曰：「争如我解语花。」』

西津古渡

一山鹤影天地客，千年怒浪唱秋歌。
临江绝壁刻檄文，无字碑留后世说。

【注释】

西津古渡位于镇江。

公元684年，唐高宗李治驾崩以后，皇后武则天临朝称帝，徐敬业、骆宾王等在扬州发动武装暴动，骆宾王写下了传诵千古的著名檄文《为徐敬业讨武曌檄》，一时天下震动。

西津古渡依山临江，风景峻秀，李白、孟浩然、张祜、王安石、苏轼、米芾、陆游、马可·波罗等都曾在此候船或登岸，并留下了许多为后人传诵的诗篇。

遗迹与文物有英国领事馆旧址等。

无字碑，为武则天所立。位于陕西省咸阳市区西北方五十公里处的乾陵。

秋日晨咏

去雁一声草木哀，残花飘落影徘徊。
秋风虽使销生意，白发何妨舞剑台。

东郊感秋

翠红入画卷重舒，往事如烟起落无。
甘愿容颜空老去，秋风石象路骑驴①？

【注释】

①化用陆游《剑门道中遇微雨》诗：『此身合是诗人未？细雨骑驴入剑门。』

仲秋感怀

高秋水色好琼田，鸥鹭闲云物俱鲜。
把酒须和新蟹醉，人生何处胜樽前。

自家乡返宁后偶成

乡音听罢近一天，依旧荷花驻玉颜。
归去莲光接月色，诗成未尽梦中传。

望晴

落尽南枝恨琼芳，共听风笛剖肝肠。
可怜久别天上月，不肯过墙嗅梅香。

周末行吟

柏悦松鸣听浩气，重逢旧友解尘思。
世人每为浮名累，我却常于涧水羁。

假期随感

老酒为茶水中仙，江湖可苦雨能甜。
仲秋又见檐头雨，翻道江潮错点盐。

古镇行吟

曾经摇橹古津头，今与行云同一舟。
忽感茶中情味浅，重持黄酒更登楼。

也忆江南

从来国色管芳年，烟柳飞花不敢言。
泼墨乐天归隐处[1]，忽听春雨忆江南。

【注释】

①乐天：白居易，字乐天，号香山居士。

咏无名花

远郊开寂寂，一簇粉长春。
近筑篱笆舍，惶求管鲍邻。
傲霜君本性，守钝我清心。
旦暮同山色，欣然两忘贫。

惜春

须尽满窗雨，方能解墨空。
春风烟际去，一任湿青红。

秋感

江上波涛险，樽前百味闲。
春期花底误，秋意柳边添。

人到中年

匆匆天地客，南北转人间。
未敢将身照，惶惊满皱颜。

晨思

无春千味减，一笑百般宜。
未写磅礴句，要须风雨时。

东郊拾秋

日子普普通通，无非春夏秋冬。
光阴从不等我，匆匆匆匆匆匆。

光阴的故事

熊岱平画　魏晋题

浣溪沙·漏彻梵音不晓春

漏彻梵音不晓春，阇梨影瘦锁深门[1]。一枝烛影到黄昏。
有道人间藏妙悟，何须世外洗凡心。莫如揽月向酒樽。

【注释】
① 阇梨，[shé lí] 梵语音译词。高僧。泛指僧人。

浣溪沙·清明感人生离别

胜事年年不易逢，看花归去莫匆匆。芳华他处也峥嵘。
只恨欢娱和岁减，不管愁眉与消增。人生半是送别中。

（送别与离开，短的是饭桌上聚餐后的道别，站台上的挥手；长的是亲人的离世。人生其实很短。活着的时候看开一切，好好的活着，善待生命，乐观向上，用双手处理好工作，用心过好生活。）

浣溪沙·中秋前夜

莫问谁识姓与名，但求好酒觅诗情。
满身清露月中行。
大地山河微有影，九天风露寂无声。
星辰散落入香庭。

鹧鸪天·写于丁酉秋分

薄雾烟云穿外郭，飞花细雨打楼阁。
一斛画舫吴姬棹，雨后霞光绣绮罗。
秋叶落，小舟泊。采菱女唱采菱歌。
秋分不见霜凋树，碧水波头客鹊多。

鹧鸪天·丁酉小寒节气感言

时令未曾负旧初，琼枝窗影又开疏。
诗心若起随研墨，欲去严寒且燃炉。
何有味，是读书。暂藏肝胆向琳腴①。
劝赊春日年前至，布谷声中好早锄。

【注释】

① 琳腴（lín yú），犹言玉液琼浆。常借指美酒。南朝梁·陶弘景《真诰·运象三》：『羽童捧琼浆，玉华饯琳腴。』宋·陆游《醉中作》诗：『曾赐琳腴白玉京，狂歌起舞蜀人惊。』

鹧鸪天·立春节气寻春

古时占测动葭灰①，今向枝头柔处猜。
试从残腊梅边觅，应是香消春始来。
拂沈潜②，海舒怀。人声相乐击歌缶，清气恬和上凤台。

【注释】

① 葭灰，指的是『葭灰占律』，系古代汉族人民测量历法中的节气是否到来的做法。《后汉书·律历志》：『候气之法，为室三重，户闭，涂衅必周，密布缇缦。』这种占测方法在古代流行了二千多年，今已失传。

② 沈潜，亦称沉潜，指大地。韦庄《冬日长安感志》诗：『雾雨十年同隐遁，风雷何日振沉潜。』

鹧鸪天・山寺元宵节

已是更深漏晚残，青灯谁化对梅颜。
佛山映水双相丽，绛雪灯辉抚久跧①。
松影瘦，碧溪边。木鱼歇早菩提眠。
旧时鸾辂音尘远，明始渐近劝耕天。

【注释】

① 跧（quán），足长途跋涉后的劳累。

鹧鸪天·水乡芒种节气一瞥

仲夏朝辞桃李红，短衫凉透野塘风。
一溪清水依桑径，万亩良田画教成。
割野麦，响镰陇。蔗甜枝舞醉村翁。
远山烟晚斜阳落，近社乡邻笑谷丰。

鹧鸪天·写于世界环境保护日

浅海渔舸惹怒涛，猎夫林野射苍雕。
江河未护清如许，何见鲥鱼若雪销。
峰万嶂，入云霄。风光可比晋时娇？
闲抛今古存亡事，付与松风话市朝。

鹧鸪天·己亥秋分杂思

度柳啼莺报春光，过花桂鸟带秋香。
银棉金稻千重秀，肥蟹菊黄万径霜。
天似水，步新凉。满庭芳草又夕阳。
少时贪梦迷家乐，今起前山路正长。

苏幕遮·夏日游记

藕塘风，吹远碧。甚等闲情，半委山溪水。
半委竹间得酒肆。归兴十分，醉醒无从寐。
品春词，追旅迹。夜半萤飞，将玉栏闲倚。
月洗繁妆生静意。似水天光，入梦和人睡。

浪淘沙·又是一年中秋时

窗外秋萧萧，落叶无憀①。

朱颜树色为天凋。

长恨芳华春意少，似与风消。暮暮与朝朝，前路非遥。

樽前应爱物新娇，不见物新人易老，失少年豪。

【注释】

①憀（liáo），依靠、依赖。

风入松·丁酉次场大雪感怀

烟云漠漠隐江河，山水景清绝。
琼芳也向梅枝去，不争香、也不调舌①。戴雪折枝插髻，千年芳至何歇。
石崇王凯斗豪奢，赢了又如何？
后唐晚主别宗稷，美人怜、为爱耽搁。勿让光阴闲却，梨花谁扫同酌。

【注释】

①调舌，耍嘴皮子。

清平乐·写于大雪节气

旧家池沼，点点琼芳小。
不是东君妨柳绿，雪作飞花开早。
一年终是寒轻，梨花梦满春城。
不惧天寒地冷，竹君兰友梅兄。

清平乐·春夜抒怀

杏花如雪，影落西厢月。
催漏金虬声哽咽，帘外暗楼城阙。
案头纸上谈兵，庭院舞剑风生。
负我青袍久也，休得闲却春情。

南歌子·立冬

塘荷空擎盖，烟云铺万顷。
秋浓未品又寒冬。红叶满庭休扫，赠秋风。
四季年年换，如人过往情。
樽前都似太匆匆。莫至老翁方悔，羞沧容。

忆秦娥·七夕

七夕夜。柳梢斜挂瑶台月。
瑶台月。银河漠漠，爱愁摇落。
多情桥鹊声呜咽。今宵去后为离索。
为离索。香尘轻散，上天宫阙。

忆秦娥·暮春

歌未彻，欲辞故旧云台月。
云台月，朝天宫阙，玉兰如雪。
一年绿意终闲却。流光借蟾春花谢。
春花谢，飞天弄影，众芳摇落。

醉桃源·晚夏

风吹花粉在栏杆，朝云去不还。
夕阳庭院享清闲，溪声阁外山。
微雨过，小荷翻。人间事万千。
稚童不问上学天，垂帘睡暑残。

渔家傲·夏日劝勤

连雨南国江帆远，深窗沉睡蝉鸣院。
瘦了衣衫步履减。才不管，埋头浊酒须斟满。
酒醒更觉人怠倦，张弓搭箭怎能缓？
莫等晴风摇草蔓。尘可浣，华年勿使腰肢懒。

采桑子·己亥小暑随感

梅黄一半杂晴雨，热热南风，
阵阵蝉鸣，浅翠禾黄两岸迎。
归来半掩柴门卧，身也轻轻，
心也清清，犹是春程入夏行。

菩萨蛮·初秋雨后

江心洲上秋风起，小舟一叶秋烟里。
有伴舞歌云，无人成泪痕。
不堪新酒美，独枕蓑衣睡。
夜雨去离情，渔灯孤影横。

如梦令·己亥中伏感言

远水苍山长道。阅尽春秋昏晓。
纵马踏红尘，犹感青春年少。
奇妙。奇妙。却是心潮鬓老。

清明

东郊花胜去年红，游子寻春空半城。
留落玉兰飘似雪，不随流水便随风。

你好，三月

青衫载酒共诗行，笔上年华慰半生。
眺望蓬瀛云海阔，长风万里一帆轻。

江南春来

城中歌罢尽繁华，古镇江村曲巷狭。
雨后春开沿岸柳，岭南水动万人家。

夏日江南

烟波摇影上回廊，点点朱舟趁落阳[1]。
棋倦杯频逃盛夏，等风和月步新凉。

【注释】

① 远处的小船趁着斜阳的余晖往回赶路。

东郊写秋

灵谷霞光映万阶，秋山高处好登台。
竹篱凉院南窗下，菊顶清霜次第开。

秋色

石榴欲点小窗明，墙外菊黄玉露浓。
月色满庭清似水，桂花树下醉香风。

写于丁酉大寒

日躔箕斗转瀛寰[1]，月宿奎娄遇大寒[2]。
莫怨严冬连雨雪，雪遮青麦更丰年。

【注释】

① 躔（chán），日月星辰的运行；箕斗（jī dǒu），星名，即箕宿与斗宿。

② 奎娄，十二星次之一。

秋日之美丽乡村

昨望云山几万重，今朝郭外怨秋风。
谁言花事皆凋尽，黄腴红丰满后庭。

春感

冰轮岭影水云间，岁岁花开只自怜。
纷扰红尘说天上，不知天上念人间。

惊蛰

惊蛰落雨柳相依，翠色如烟草映堤。
料是黄鹂归似箭，分明已向耳边啼。

初春

绿树花迎晓露开，和风细雨共徘徊。
春光不改从前色，又扮新妆带笑来。

微距下的春天

初过清明满院香，紫藤正似少年郎。
谁家闭户藏春色，戏舞蜂蝶不敢狂。

端午近

禾绿千畦过雨新，晴空万里了无尘。
佳节须向浓香醉，酒醒直觉似晚春。

立夏

谁将春事暗相催，数点飞红上下阶。
莫看花如香泪涌，明年留待好归来。

仲夏叹言

临水亭台乘醉倚，千般风雨万般晴。
犹觉春事才别去，一岁一停过半停①。

【注释】

① 一停，即一成。

大暑小趣

欲辞炎夏访秋踪，晨入溪林掠晓风。
凉气爽爽通肺腑，丝丝犹若报春浓。

秋兴

高铁如龙载梦行，又乘诗兴赴京城。
秋风原不知时令，欲染江山上下同。

采茶

春雨发新绿，南山满色鲜。
旋摘芽叶去，早趁露华煎。

与国际友人过圣诞节趣写

随入中餐馆，洋节共笑欢。
酒消言语异，菜簇景瓷盘。
樽里觉天近，言中感路难。
相扶归去晚，梦入旧金山。

黄昏

峰高锁落晖，天幕浅低垂。
山外难拘束，白云不肯归。

处暑

一朝暑气消，万鹨竞增巢①。
日暮斜阳里，秋声踏树梢。

【注释】

①鹨（liù），鸟类的一属；增巢，以树枝筑巢。增，同『橧』。

寒露

雨后晓寒轻，秋深露欲凝。
征鸿天际远，院冷月无声。

小满

小满好晴阳，陇头麦渐黄。
春红皆敛避，但喜采乌桑。

芒种

时雨穗压低，畦东复向西。
启镰忙万户，惟恐麦割迟。

后记

在人民出版社原社长黄书元、总编辑辛广伟以及孙兴民编审的精心指导与大力支持下，我的第二部诗词集终于付梓印刷了。在这里我要感谢各位领导和老师们的热情扶持，特别感谢前辈管士光老师为本书作序，让我深受感动，倍感鼓舞。感谢青年书法家魏晋先生对本书的总体装帧设计，感谢版式设计芦红，感谢刘露琪为本书友情校对。在此，对为本书顺利出版做出了辛勤劳动、倾注了大量心血的老师、朋友们，我除了感动，就是感谢！

还要感谢长期关心支持我的诗友们。这些作品多是在微信朋友圈写成发出的。正是大家的热心支持和交流互动，使我受益颇多，这对于提高写作技巧以及提升意境起到了重要作用。大家的鼓励更是一种鼓舞我前进的动力，让我的诗词创作之路坚持到今天并将持续下去。

我对诗词的痴迷，使得我的生活有了许多诗意。然古体诗词的创作是艰难的，对此王安石有形象的描述：『看似寻常最奇崛，成如容易却艰辛。』诗词创作的提高与传承需研习者持之以恒，长久坚持下去。尽管在现实生活中会遇到一些坎坷，但诗意总能让我笑对人生，积极向上，在诸多物欲的诱惑中保持一种纯真，一份淡然，一丝洒脱。有诗为伴，不求多少厚禄富贵，力求率真地活出自我。间或有几本诗集面世，我觉得是人生一大乐事！今后将与各位诗友，在诗的国度里，『俱怀逸兴壮思飞，欲上青天揽明月。』

由于才疏学浅，半路写诗，所写诗词一定有不少缺陷。尤其是对格律的驾驭尚不熟练，有待于方家与广大朋友们指正。写了多年，总觉不得要领，或许我天生不是做诗人的料，但既然写了就愿意虚心接受大家的批评，希望各位不吝赐教，以使我在今后的创作中少些弯路，多些长进。倘能如此，幸莫大焉。

米 仓

庚子正月于金陵归云居

策划编辑：孙兴民
责任编辑：孙兴民　邓文华
责任校对：湖　偌

图书在版编目（CIP）数据

归云居著诗／米仓 著．—北京：东方出版社，2020.7
ISBN 978－7－5207－1556－0

I. ①归…　II. ①米…　III. ①诗词－作品集－中国－当代
IV. ① 1227

中国版本图书馆 CIP 数据核字（2020）第 098430 号

书　　名：归云居著诗
拼　　音：GUIYUNJU ZHUSHI
著　　者：米仓
出　　版：东方出版社
发　　行：人民东方出版传媒有限公司
地　　址：北京市朝阳区西坝河北里51号　100706
发行电话：010–85924663　85924644　85924641
印　　刷：南京新世纪联盟印务有限公司
版　　次：2020年7月第1版
印　　次：2020年7月北京第1次印刷
开　　本：889毫米 × 1194毫米　1/32
印　　张：7.875
字　　数：86千字
书　　号：ISBN 978–7–5207–1556–0
定　　价：108.00元

ISBN 978-7-5207-1556-0